日本人なら
おさえておきたい

1分間 万葉集

One-minute tips for Manyoshu

石井貴士
Takashi Ishii

実業之日本社

まえがき

「令和」の典拠が、『万葉集』だ

「『万葉集』に興味をもった。一番わかりやすい本を読みたい！」

そう考えた方は、多いのではないでしょうか。

2019年5月1日から、元号は、「令和」になりました。

「令和」というのは、『万葉集』の巻五「梅花の歌　三十二首并せて序」の**「初春の令月にして、気淑く風和ぎ、梅は鏡前の粉を披き、蘭は珮後の香を薫らす」**という部分を典拠とするものです。

安倍晋三総理は、記者会見で「人々が美しく心を寄せ合うなかで、文化が生まれ育つ。梅の花のように、日本人が明日への希望を咲かせる国であるように」という願いを込めたものであると語りました。

「令和」の典拠となった『万葉集』の巻五「梅花の歌三十二首并せて序」を書いたのは、**大伴旅人**であるという説が有力です（山上憶良だという説もあります）。

当時、九州の大宰府（筑前国に置かれた朝廷の地方行政機関）の長官であった、大伴旅人の邸宅の梅園で、山上憶良ら、およそ30人が集まり、梅の花を囲む「**梅花の宴**」が催されました。

そのときに詠まれた歌「32首」に対する序文が、この部分だったのです。

『万葉集』が作られた、時代背景を知ろう

『万葉集』は、奈良時代に編纂された**日本最古の和歌集**です。

『万葉集』というと、牧歌的で庶民に親しまれる和歌が収録されているというイメージを

もっている方も多いでしょう。

実際に、『万葉集』に収録されている、およそ4500首のうち、皇族・貴族といった地位が高い人の歌は3分の1で、3分の2は作者不詳の一般の方が詠んだ歌が収録されています。

本来、身分制度が厳しいこの時代であれば、身分が高い皇族・貴族だけの歌が収録されていてもおかしくありません。

ですが、あえて、一般庶民の歌が半数以上収録されているのには、理由があるのです。


一見すると、「一般庶民がのんびりと和歌を詠むだなんて、平和な時代だったのかなあ」と、感じてしまうかもしれませんが、まったくの間違いです。

「一般庶民の歌が過半数以上ということは、身分の差はそれほどなかったのかな。貴族も庶民も同じような暮らしだったのかな」と考えるのも違っています。


むしろ、逆です。

平和どころか、戦が絶えない世の中で、身分制度も厳しい時代でした。

そんななか、なぜ、一見するとのんびりした「和歌」というものが収録された書物ができる必要があり、さらには一般庶民の歌を過半数以上収録する必要があったのでしょうか。

その理由は、この時代だからこそ、「**強引にでも日本独自の文化を作る必要があった**」からなのです。

『万葉集』ができたからこそ、今の日本は独立国家になれた

万葉の時代は、飛鳥時代から始まっています。

大和政権が、各地の豪族を従えていた時代です。

一方、中国大陸では、隋が中国を統一したあと、唐という大国ができあがっていました。

同時期に、朝鮮半島では、高句麗・新羅・百済の3国が覇権を争っていました。

そんななか、島国であった日本は、いつ侵略されてもおかしくない状態だったのです。

当時の大和政権がとるべき選択肢は、ふたつでした。

①独立国家を維持し、島国としての独立を守る

②他国からの侵略を待つ

ここで、大和政権は、①の「独立国家の維持」という道を選ぶのです。

では、「侵略されないためには、どうしたらいいのか」と考えた結果、「日本には、日本独自の文化がある。だから独立国なのである」ということを、国外に示す必要があるという結論になりました。

中国が中国であるゆえんは、「漢詩」のような独自の文学があるからです。

ならば、日本には「日本独自のアイデンティティを示す文学で、漢詩ではないもの」がないと、独立国家とは言えないということになり、「**和歌**」を文化として成立させる必要性に迫られたのです。

皇族・貴族の歌が3分の1、3分の2が庶民が作った歌で構成された『万葉集』ができたからこそ、日本独自のアイデンティティが形成され、今もこうして日本は、独立国家としての地位が築かれています。

『万葉集』があったからこそ、今の日本があるというわけです。

そう考えると、感動がこみ上げてくるはずです。

令和の時代は、日本独自のアイデンティティを作っていく時代だ

今までは、中国の古典から、元号を決めていました。

それに対して「令和」は、日本の古典である『万葉集』を典拠として、元号が作成されました。

大和（やまと）政権時代、中国で作られた「漢詩」という文化をそのまま受け入れるのではなく、日本独自の「和歌」というまったく別の文化を作ることを選び、独立国であることを示したときと、今の日本は似た状況にいます。

現在の日本も、万葉の時代と同じように、厳しい外交を迫られています。

韓国との関係はよくない。

北朝鮮との関係もよくない。

中国との関係もよくない。

アメリカとの関係も、かつてほどはよいとはいえない。

万葉の時代と、今の日本が置かれている環境は、それほど変わっていないのです。

そんななか、日本はどうしていくべきなのか。

その答えが、「令和」の元号に込められているのではないでしょうか。

日本独自のアイデンティティとなる文化を作り、国外に発信していく。

これが「令和」の時代に、日本が貫く道なのだとしたら、これほど素晴らしい元号はないといえるでしょう。

『1分間万葉集』は、「知識編」と「和歌編」で構成されている

『万葉集』を学びたいと思っている方は、ふたつのタイプに分かれると考えます。

①「万葉集について、最低限の知識を知りたい」という方
②「万葉集の和歌を味わいたい」という方

「万葉集について、最低限、常識として知っておきたいな」という方は、とても多いでしょう。

大学受験においても、「令和」の時代は、『万葉集』が頻出になるはずです。

試験に出る可能性が高いので、中学生・高校生は、『万葉集』の勉強は必須となります。

また、せっかく『万葉集』が典拠になったのだから、これを機会に、『万葉集』を味わいたいという方もいらっしゃるでしょう。

『万葉集』を読むことで、当時の日本の置かれた状況や、庶民の状況を知ることができます。

そこで、この本も「知識編」と「和歌編」に分けました。

「知識編」では、『万葉集』に関する時代背景や、有名な歌人について解説します。

「和歌編」では、有名な和歌について、現代語訳をつけました。


私はこれまで、『1分間勉強法』という本をはじめ、難しそうなことを気軽に学べる本をたくさん書いてきました。令和の時代、忙しいみなさんにスピーディに『万葉集』を知っていただきたいという思いが、「1分間」というフレーズに込められています。

この本一冊で、『万葉集』の基礎はマスターできるようになっています。


せっかく、「令和」という元号の時代に生きることになったのです。

ぜひ一家に一冊、この本を家のなかに置いていただき、令和の時代に『万葉集』を味わいながら、毎日を過ごしていただけたらうれしいです。

1分間万葉集　もくじ

《まえがき》

・「令和」の典拠が、『万葉集』だ……3
・『万葉集』が作られた、時代背景を知ろう……4
・『万葉集』ができたからこそ、今の日本は独立国家になれた……6
・令和の時代は、日本独自のアイデンティティを作っていく時代だ……8
・『1分間万葉集』は、「知識編」と「和歌編」で構成されている……9

《序章》

「令和」の典拠となった『万葉集』の巻五
「梅花（うめのはな）の歌三十二首并（あわ）せて序」……17
・典拠部分と序文全文を、分けて味わおう……18

第1章 『万葉集』とは何か……23

・『万葉集』は、日本最古・最大の歌集だ……24
・万葉の意味は、ふたつあるといわれている……25
・『万葉集』は段階的に成立した……25
・編者は、橘諸兄と大伴家持という説が有力だ……26
・収録されているのは、「短歌」「長歌」「旋頭歌」「仏足石歌」の4種類だ……27
・『万葉集』には、「雑歌」「相聞」「挽歌」の三大部立がある……29
・『万葉集』は4期に分けられる……30

第2章 『万葉集』の代表的な歌人を知ろう……35

・『万葉集』の代表的な歌人は、8人だ……36
・額田王は、万葉女流歌人の第一人者だ……36
・『万葉集』で最高の歌人が柿本人麻呂だ……38
・高市黒人は、山部赤人に影響を与えた叙景歌人だ……40
・山部赤人は、柿本人麻呂とともに「歌聖」と呼ばれた……43
・酒をこよなく愛したのが大伴旅人だ……45

・山上憶良は、貧窮問答歌で有名な歌人だ……47
・高橋虫麻呂は、伝説をモチーフにした歌を詠んだ歌人だ……49
・『万葉集』の編纂の中心人物とされているのが大伴家持だ……51

【第2部／和歌編】

第3章　どうしてもおさえたい！　超有名な和歌6首……55
・知らないと恥をかく!?　『万葉集』で最も有名な6首をおさえよう……56

第4章　絶対に知っておくべき有名な和歌33首……65
・味わい深い『万葉集』の名作を堪能しよう……66

《付録》「梅花の歌」32首……101
・注目される「梅花の歌」を味わおう……102

《あとがき》
・文化には、戦争抑止効果がある……120

※本書では、より素早く『万葉集』を理解できるように、
読み下し文をすべて現代かなづかいで表記しています。

序章

「令和」の典拠となった万葉集の巻五「梅花の歌三十二首并せて序」

典拠部分と序文全文を、分けて味わおう

まず、「令和（れいわ）」の典拠（てんきょ）となった部分で、『万葉集』の巻五「梅花（うめのはな）の歌三十二首并（あわ）せて序」から抜粋した部分が、こちらです。

初春令月

気淑風和

梅披鏡前之粉

蘭薫珮後之香

初春の令月にして

新春のめでたい月であり

気淑く風和ぎ

空気は美しく風はやわらかに

梅は鏡前の粉を披き

梅は鏡の前の美女の白粉のように白く咲き

蘭は珮後の香を薫らす

蘭は身を飾った香のように香りをただよわせている。

「令月」は、『広辞苑』(第七版)によると、「万事をなすのによい月。めでたい月」とあります。

「命令する月」という意味ではありません。

「万事をなすのに良い、めでたい、和やかな時代」という意味が、「令和」に込められているというわけです。

抜粋部分をおさえたので、次は序文の全文を見ていきましょう。

梅花の歌三十二首并せて序

天平二年正月十三日に、師の老の宅に萃まりて、宴会を申く。
時に、初春の令月にして、気淑く風和ぎ、
梅は鏡前の粉を披き、蘭は珮後の香を薫す。
加之、曙の嶺に雲移り、松は羅を掛けて蓋を傾け、
夕の岫に霧結び、鳥はうすものに封められて林に迷ふ。
庭には新蝶舞ひ、空には故雁帰る。ここに天を蓋とし、地を座とし、
膝を促け觴を飛ばす。
言を一室の裏に忘れ、衿を煙霞の外に開く。
淡然と自ら放にし、快然と自ら足る。
若し翰苑にあらずは、何を以ちてか情を述べむ。
詩に落梅の篇を紀す。古と今とそれ何そ異ならむ。
宜しく園の梅を賦して聊かに短詠を成すべし。

【現代語訳】

天平（てんぴょう）2年（731年）正月13日に、長官である大伴旅人（おおとものたびと）の家に集まって宴会を開いた。時（とき）あたかも新春のめでたい月であり、空気は美しく風はやわらかに、梅は鏡の前の美女の白粉（おしろい）のように白く咲き、蘭（らん）は身を飾った香（こう）のように香っている。それればかりではない。明け方の山頂には雲が動き、松は薄絹（うすぎぬ）のような雲をかけてきぬがさを傾けるようで、山のくぼみには霧が結び、鳥は薄霧にこめられては林に迷い、庭には新たに見かける蝶が舞い、空には年を越した雁（かり）が帰っていく。

ここに天をきぬがさとし、地を座として、膝（ひざ）を近づけて酒を酌（く）み交（か）わしている。言葉をかけあう必要もないほど親しみ、胸襟（きょうきん）を開いている。淡々とそれぞれが心を開け放ち、皆こころよく満ち足りた思いでいる。

この心中を筆（ふで）にするのでなければ、何をもって言い表すことができようか。漢詩にも落梅の詩が多くある。昔と今とで、何が異なるだろう。よろしく庭の梅を詠んで、いささかの歌を作ろうではないか。

この序文の筆者は大伴旅人（おおとものたびと）といわれていますが（山上憶良（やまのうえのおくら）だという説もあります）。

大伴旅人の邸宅で、梅の花を囲む宴会が開かれ、そこで詠まれた歌32首に対する序文となっています。

32首の歌は、座の人々が4つに分かれ、8首ずつ順番に詠みました。

「梅の花32首を味わいたい」という方のために、巻末の付録には梅の花32首を掲載しています。

この時代は、梅は中国大陸から渡ってきたもので、珍しいものでした。

当時の大宰府の長官であった大伴旅人の邸宅だからこそ、新しい文化がいち早く持ち込まれたというわけです。

宴が開かれた場所は、筑前国の大宰府（現在の福岡県太宰府市）です。

時は、天平2年（７３０年）です。

参加したのは、山上憶良や、九州一円の役人、医師、陰陽師ら、およそ30人だったと言われています。

序文の最後が、「歌を作ろうではないか」という呼びかけで終わっています。

「令和」の元号に込められた意味として、「今から日本人全員で文化を作っていこうではないか」という呼びかけも、あるのかもしれませんね。

第1章 万葉集とは何か

『万葉集』は、日本最古・最大の歌集だ

では、『万葉集』の「知識編」をお伝えしていきます。

『万葉集』の歴史的意義は、現存する日本最古にして、最大の和歌集であるということです。

和歌の数は**４５００種以上**です。

「４５１６首だ」と断定的に書いてある本もありますが、諸説あるので、「４５００首以上」というのが一般的です。

天皇、貴族などの身分が高い人が詠（よ）んでいる歌が３分の１、防人（さきもり）（九州防衛のために置かれた兵士。その多くは農民）、一般の人、読みひと知らずの歌など、身分とは関係ない人の歌が、３分の２を占めています。

平安時代に成立した『古今和歌集（こきんわかしゅう）』では平仮名（ひらがな）が使われていますが、『万葉集』の和歌に関しては、すべてが、万葉仮名（まんようがな）を含めて、漢字で書かれているのが特徴です。

万葉の意味は、ふたつあるといわれている

『万葉集』という書名には、どんな意味があるのでしょうか。

万葉は、「万の葉（歌）」という意味で、多くの歌を集めたという意味があるという説が、ひとつ目の説です。

もうひとつの説は、「葉」は、「世」の意味であり、「万葉」は、「万世」のことで、古今の歌を集めたもの、または、万世に語り継がれる歌集という説です。

どちらも有力な説だといわれています。

『万葉集』は段階的に成立した

成立時期に関しては、確立された説はありませんが、全体が一挙に成立したのではなく、段階的に成立したといわれています。

『万葉集』は、全20巻から成り立っています。

巻一、巻二が先行して成立し、その延長上に巻三、巻四がまとまり、その後、徐々にま

とめられていきました。
巻二十の最後の歌が759年（天平宝字3年）に詠まれたことから、この年が完成時期だとされています。

それまでは、勅撰（天皇の命令で作られた歌集）だと考えられていましたが、江戸時代中期の真言宗の僧で、古典学者でもあった**契沖**は私撰（天皇の命令で作られたものではない歌集）だとして、今は、この考えが主流になっています。

巻一六までと、それ以降の2部構成であると唱えたのも**契沖**です。

編者は、橘諸兄と大伴家持という説が有力だ

『万葉集』は、序文がなく、編者も明らかになっていませんが、橘諸兄（聖武天皇の皇后・光明子の異父兄で、左大臣となり政権を掌握した）が和歌の集大成を思い立ち、巻一、巻二をまとめたと推定されています。

巻三、巻四、巻五、巻六、巻八、巻十七〜二十は、大伴家持（旅人の子。中央・地方

の諸官を歴任した上級貴族）の存在が大きいため、現在に近い形にまとめあげたのは、大伴家持であるという説が有力です。

橘諸兄が編纂をはじめ、巻三以降を大伴家持が担当したとされています。

収録されているのは「短歌」「長歌」「旋頭歌」「仏足石歌」の4種類だ

『万葉集』の約4500首のうち長歌が260首あまり。旋頭歌が62首、仏足石歌が1首で、それ以外のおよそ4200首が短歌です。

特徴は、

短歌　五七五七七
長歌　五七、五七、・・・・・・五七、七
旋頭歌　五七七、五七七、五七七、五七七、五七七（主に民謡に用いられた）
仏足石歌　五七五七七七

です。

仏足石歌は、1首しかないので、ここで紹介します。

伊夜彦の　神の麓に

弥彦の　神山の麓に

今日らもか

今日も

鹿の伏すらむ

鹿が伏しているだろうか。

皮服着て

皮の衣を着て

角附きながら

角のついたままで。

【巻十六・3884】◉作者不詳

長歌、旋頭歌の形式は、奈良時代を最後にして、姿を消していきました。

五七五七七の形式だけが、和歌として残っていったのです。

『万葉集』には、「雑歌」「相聞」「挽歌」の三大部立がある

『万葉集』は、歌の内容によって、「**雑歌**」「**相聞**」「**挽歌**」の3つに分類されています。
これを**三大部立**といいます。

「**雑歌**」というのは、さまざまな歌という意味です。

宴席の歌や、旅の歌もあります。

宮廷の行事にともなった、公の歌を中心としていることから、三大部立の最初に「雑歌」が置かれています。


「**相聞**」は、恋愛に関する歌です。

「**挽歌**」は、人が亡くなったときの歌です。

『万葉集』には、この三大部立が収録されているのです。

『万葉集』は4期に分けられる

『万葉集』に収録されている歌は、時代的に4期に分けられます。

第1期……舒明天皇即位（629年）～壬申の乱（672年）
第2期……壬申の乱～平城京遷都（710年）
第3期……平城京遷都～天平5年（733年）
第4期……天平6年（734年）～天平宝字3年（759年）

第1期は、舒明天皇即位の629年から、壬申の乱の672年までです。氏族制度の社会を脱し、律令制の社会に変革する激動の時代です。壬申の乱が皇位をめぐる皇室内の武力闘争だったように、この時代は王権をめぐる争いが激しく繰り広げられました。

力強い歌が多いとされています。

代表的な歌人は、**額田王**です。

ほかに舒明天皇（天智天皇、天武天皇の父）・天智天皇・有間皇子（孝徳天皇の皇子）・鏡王女・藤原鎌足がいます。

第2期は、壬申の乱のあとに即位した天武天皇の時代から、持統天皇を経て、平城京遷都（710年）までの期間のことをいいます。

天武天皇は神のように崇められ、政権の中枢は皇族で占められました。天皇の権限が強く、専制君主的な国家になった時代です。

代表的な歌人は、**柿本人麻呂**・**高市黒人**です。

ほかに、長意貴麻呂・天武天皇・持統天皇・大津皇子（天武天皇の皇子）・大伯皇女（天武天皇の皇女）・志貴皇子（天智天皇の皇子）がいました。

第3期は、平城京に遷都してから、天平5年（733年）までのことをいいます。平城京に都を移し、旧体制を脱却し、新たに律令制度による中央集権国家を樹立していった時代です。

『古事記』『日本書紀』が完成したのもこの時代です。

聖武天皇の元には、学者・文人が集まり、詩歌の宴がたびたび催されました。それに呼応して、九州の大宰府では、大伴旅人が宴を開いたりしました。そのときに行われたのが「梅花の宴」です。

代表的な歌人は、**山部赤人**、**大伴旅人**、**山上憶良**、**高橋虫麻呂**です。大伴坂上郎女もこの時代です。

第4期は、天平6年（734年）から、天平宝字3年（759年）までです。天平文化と言われる貴族・仏教の文化が花開いた時代です。

その一方で、権力闘争が激しくなり、貴族社会には動揺が広がっていきました。孤独を恐れた貴族が、人間関係の修復を図るために、宴を催し、参加者とともに和歌を詠みました。

代表的な歌人は**大伴家持**です。

他に、笠郎女、橘諸兄、中臣宅守、狭野弟上娘子、湯原王がいました。

このように、『万葉集』は4期に分けられ、それぞれ、代表的な歌人も違うのです。
次の章では、代表的な歌人について、お話ししていきましょう。

第2章
『万葉集』の代表的な歌人を知ろう

『万葉集』の代表的な歌人は、8人だ

『万葉集』には歌人が多くいますが、そのなかでも最も有名な歌人は8人います。

第1期……額田王
第2期……柿本人麻呂、高市黒人
第3期……山部赤人、大伴旅人、山上憶良、高橋虫麻呂
第4期……大伴家持

この8人をおさえておけば、「『万葉集』の知識がある」といっていいでしょう。
では、この8人について、詳しく解説をしていきます。

額田王は、万葉女流歌人の第一人者だ

額田王は、とても美しい女性だったといわれます。
最初に、大海人皇子（のちの天武天皇）に嫁ぎ、十市皇女を産みます。

その後、大海人皇子の兄である中大兄皇子（のちの天智天皇）の寵愛を受け、後宮に入りました。

中大兄皇子は、645年からはじめられた大化の改新の中心人物としても有名です。

2人の男性と三角関係にあったともいわれていて、数奇な運命をたどった女性です。

『万葉集』には12首が収められていて、万葉女性歌人の第一人者といわれています。

作風としては、荘重で、おおらかな歌いぶりだと評されています。

代表作は、次の歌と、第4章の87ページで紹介する「君待つと　わが恋ひをれば　わが屋戸の　すだれ動かし　秋の風吹く」のふたつです。

熟田津に　船乗りせむと　月待てば
潮もかなひぬ　今は漕ぎ出でな

熟田津に　船出をしようとして　よい月を待っていると
潮の流れもよくなった。さあ、今こそ漕ぎ出そう。

【巻1・8】◉額田王

なお、歌の後ろに【巻一・8】とあるのは、『万葉集』の「巻一」の8番目に掲載されていることを表しています。算用数字は巻一から巻二十までの通し番号になっています。

『万葉集』で最高の歌人が柿本人麻呂だ

柿本人麻呂は、『万葉集』で最高の歌人であるといわれます。長歌19首、短歌75首が収録されています。枕詞や助詞を多く使い、格調高い歌が多いのが特徴です。三十六歌仙の一人で、百人一首にも柿本人麻呂の歌は採用されています。次の和歌を知っている人も多いのではないでしょうか。

あしびきの　山鳥の尾の　しだり尾の
ながながし夜を　ひとりかも寝む

（あしびきの）山鳥の尾が　しだれているように
長々しい夜を　ひとり寝ることかなあ。

【百人一首】◉柿本人麻呂（かきのもとのひとまろ）

下級官僚出身でしたが、歌がうまいことから天皇に取り立てられ、天皇讃歌（天皇をほめたたえる歌）を多く詠みました。

なお、「あしびきの」は「山」にかかる枕詞（まくらことば）です。

天離る（あまざかる）　夷（ひな）の長道（ながち）ゆ　恋（こ）ひ来（く）れば

（都を遠く離れ）　田舎の長い道のりを　故郷を焦がれつつやって来ると

明石（あかし）の門（と）より　大和島（やまとしま）見（み）ゆ

明石の海峡から　故郷大和の地が見えた。

【巻三・255】◉柿本人麻呂（かきのもとのひとまろ）

「天離る（あまざかる）」は、「夷（ひな）」の枕詞です。

「離る（さかる）」は、「離れる、遠ざかる」という意味で、「天の彼方、はるか遠ざかる」ということを表しています。

第2章

淡海の海　夕波千鳥　汝が鳴けば
情もしのに　古思ほゆ

近江の海に　夕方の波打ち際に鳴く千鳥よ　おまえが鳴くと
心がしょんぼりとするほどに　遠い昔のことが思われる。

【巻三・266】◉柿本人麻呂

情景を詠んだ、柿本人麻呂の代表作です。

近江は現在の滋賀県ですが、滋賀県に海はありません。「近江の海」は琵琶湖を指しているとされます。

天智天皇から大友皇子（弘文天皇）の時代、都は近江に置かれていました。人麻呂はそれよりあとの時代の人ですが、天智天皇の時代を「古」として懐かしんでいる歌です。

高市黒人は、山部赤人に影響を与えた叙景歌人だ

高市黒人は、柿本人麻呂と同じ、第2期の歌人です。

柿本人麻呂の後輩として勤めていたこともありますが、天皇讃歌を詠むのではなく、旅の歌を多く詠み、旅の悲しみや、心の陰りを歌いました。

第3期の山部赤人に先駆をなす叙景歌人として、第2期の歌人としては、柿本人麻呂と並んで代表的な存在となっています。

高市黒人の歌は、18首が収録されています。

すべて短歌で、長歌はひとつもありません。

旅の歌が中心なので、奈良で詠んだ歌もありません。

鑑賞するときには、「どこで詠まれた歌なのか」を味わうのがいいでしょう。

有名な歌は、

桜田へ　鶴鳴き渡る　年魚市潟

桜田へ　鶴が鳴きながら渡っていく。年魚市潟は

潮干にけらし　鶴鳴き渡る

潮が引いたらしい。鶴が鳴きながら渡っていく。

【巻三・271】◉高市黒人

です。「桜田」は、名古屋市南区の元桜田町・桜本町のあたり、「年魚市潟」は桜田を含む一帯の入り江をさしています。

この歌は、のちの山部赤人に影響を与え、次の名歌が生まれました。

若の浦に　潮満ち来れば　潟を無み
葦辺をさして　鶴鳴き渡る

若の浦に　潮が満ちてくると　干潟がなくなるので
葦の生えている岸辺に向かって　鶴が鳴きながら飛んでいく。

【巻六・919】◉山部赤人

「若の浦」は、和歌山県和歌山市の景勝地（現在の和歌の浦）を指しています。聖武天皇が紀伊国（現在の和歌山県）に行幸したとき山部赤人も同行し、そのときに詠んだ歌です。

山部赤人は、柿本人麻呂とともに「歌聖」と呼ばれた

山部赤人は、柿本人麻呂と並び称される歌人です。

紀貫之が『古今和歌集』(10世紀初頭に編纂された勅撰和歌集)で、「人麿(柿本人麻呂)は、赤人が上に立たむことかたく、赤人は人麿が下に立たむことかたくなむありける」(人麻呂を赤人の上に立てるには難しく、赤人を人麻呂の下にすることは難しい)と記し、2人を同列の歌人であると、高く評価していることは有名です。

田児の浦ゆ　うち出でて見れば　真白にそ
不尽の高嶺に　雪は降りける

田子の浦を通って（視界の開けたところまで）出て見ると　真っ白に
富士山の高いところに　雪が降り積もっていることだよ。

【巻三・318】◉山部赤人

という歌が『万葉集』に収録され、『新古今和歌集』に、

田子の浦に　うち出でてみれば
白妙の　富士の高嶺に　雪は降りつつ

百人一首◉山部赤人

が収録され、百人一首にも選ばれました。どちらも意味は同じです。
代表的な歌に、第2期の高市黒人の歌を参考にして作られた次の歌があります。

み吉野の　象山の際の　木末には
吉野の　象山、山中の　木々の梢では
ここだもさわく　鳥の声かも
あたり一面に鳴き騒ぐ　鳥の声の何とにぎやかなことか。

【巻六・924】◉山部赤人

「み吉野の」の「み」は、美しさを表す接頭語です。「美しい吉野」という意味になります。この歌も、聖武天皇の行幸に山部赤人が同行したときに詠まれた歌です。このときは吉野への行幸でした。

酒をこよなく愛したのが大伴旅人だ

大伴旅人は、九州の大宰府に長官として赴任してから、多くの歌を詠みました。繰り返し紹介しているように、「令和」の典拠となった、「梅花の宴」が催された場所も、大宰府にある大伴旅人の邸宅でした。

「酒を讃むるの歌十三首」を詠んでいて、こよなく酒を愛した人物として知られています。『万葉集』には78首の歌が収録されています。

山上憶良と親交が深く、大伴旅人の妻の大伴郎女が亡くなった際には、山上憶良が歌を詠みました。

わが園に　梅の花散る　ひさかたの
天より雪の　流れ来るかも

我が家の庭に　梅の花が散る。（いさかたの）
天から雪が　流れてくるようだ。

【巻五・822】◉大伴旅人

これは、「梅花の宴」で詠んだ歌です。「ひさかたの」は「天」にかかる枕詞です。
このほかの有名な歌として、次の2首があります。

験なき　物を思はずは　一坏の
濁れる酒を　飲むべくあるらし

考えてもしかたのない　物思いをするぐらいなら　一杯の
濁り酒を　飲むほうがよほどよさそうだ。

【巻三・338】◉大伴旅人

大伴旅人は「酒を讃むる歌」と題する13首を遺すほど、酒をこよなく愛しました。この歌は、その13首のうちの1首です。

あな醜　賢しらをすと　酒飲まぬ
人をよく見れば　猿にかも似る

なんとも醜いことだなあ。賢く装って　酒を飲まない
人をよく見ると　猿によく似ているよ。

【巻三・344】◉大伴旅人

こちらも有名な歌です。「酒を飲まない人は、猿にも似ているよ」というところが、皮肉を通り越して、滑稽だと言われている歌です。

山上憶良は、貧窮問答歌で有名な歌人だ

山上憶良は、高級官僚でありながら、いつも民衆の立場に立って、歌を詠んだ歌人です。

虐げられた民衆を守る、正義の味方のような人で、『万葉集』の歌人の中でも、異色の存在といわれるのが、山上憶良です。

庶民の窮状を訴えた歌や、子どもに関する歌を多く詠みました。

大伴旅人と親交が深く、「梅花の宴」にも呼ばれました。

遊び人だった大伴旅人に対して、山上憶良は真面目だったとされ、対照的な2人でした。

『万葉集』には78首が収録されていて、貧窮問答歌、子を思ふ歌が有名です。

代表的な歌は、第3章の62ページで紹介する「憶良らは　今は罷らむ　子泣くらむ　そのかの母も　吾を待つらむそ」と次の歌のふたつです。

銀も　金も玉も　何せむに
勝れる宝　子に及かめやも

銀や　金やどんなきれいな宝玉も　何より
大事な宝物である　子どもにまさるものはない。

【巻五・803】◉山上憶良

この歌は、第4章の89ページで紹介する【巻五・802】の長歌への反歌です。

大伴旅人が「酒こそ最高のものだ」と力説したのに対し、山上憶良は「子どもこそ最高のものだ」と唱えたとされ、2人が対照的であることを示す歌とされています。

「何せむに」は〈やも〉と呼応して「どうして」の意があります。

「しかめやも」の〈やも〉は反語で、「及ぶだろうか、いや及ばない」の意となります。

高橋虫麻呂は、伝説をモチーフにして歌を詠んだ歌人だ

高橋虫麻呂は、伝説をモチーフにして、歌を詠みました。

美しい女性にまつわる伝説や、浦島太郎の話についての歌などを詠んでいます。

他の歌人が、情景や、人にまつわることをテーマにしていたのに対して、高橋虫麻呂は非現実の世界をテーマにしていたのが特徴的です。

彼が孤独だったために、現実ではなく、非現実のことをモチーフにしたといわれています。『万葉集』には34首が収録されています。

代表的な歌は、手児名（てこな）という伝説の女性を詠んだ次の歌です。

勝鹿（かつしか）の　真間（まま）の井（い）を見（み）れば　立（た）ち平（なら）し

葛飾の　真間の井戸を見ると　いつもここで

水汲（みずく）ましけむ　手児名（てこな）し思（おも）ほゆ

水を汲んだという　手児名のことが思い起こされる。

【巻九・1808】◉高橋虫麻呂（たかはしのむしまろ）

「真間」は、現在の千葉県市川市真間の周辺です。手児名（てこな）は貧しい農民の娘で、美人だったため多くの男が言い寄ってきました。しかし、手児名（てこな）は誰にもなびかず、真間の入り江に身を投じたといわれています。

そのほか、浦島太郎をテーマにした歌があります。

常世辺（とこよへ）に　住（す）むべきものを　剣刀（つるぎたち）

いつまでも常世の国に　住んでいられたのに　（枕詞）

己が心から　鈍やこの君

おまえの心のせいで　こうなってしまった、バカな男よ。

【巻九・1741】◉高橋虫麻呂

「せっかくなら、ずっと住んでいればよかったのに」と評した歌です。

「剣刀」は「己」にかかる枕詞です。

『万葉集』の編纂の中心人物とされるのが大伴家持だ

大伴家持は、大伴旅人の息子です。

とはいえ、正妻の大伴郎女との間に子どもはできず、妾の子どもだったのが家持です。

大伴郎女は、家持を実の子ども同様に愛情を注いで育てました。

大伴郎女が亡くなったあとは、叔母の大伴坂上郎女に育てられました。

父の大伴家持や、父と親交が深かった山上憶良から、歌の作り方を学びました。

三十六歌仙の一人で、百人一首に、

かささぎの　渡せる橋に　おく霜の
白きを見れば　夜ぞ更けにける

御殿の　橋の上に　おりている霜の
白さを見ると　だいぶ夜が更けたと思われる。

百人一首◉大伴家持

という歌が入っています（この歌は、『万葉集』には入っていません）。

『万葉集』は、巻一、巻二の編纂を橘諸兄が行い、それ以降を大伴家持が担当したとされています。

長歌・短歌など合計４７３首が万葉集に収録されていて、４５００首ある『万葉集』の歌の１割を超えていることが、大伴家持が『万葉集』の編纂を行ったという根拠になっています。

巻二十の最後の歌は、

新しき　年の始の　初春の
今日降る雪の　いや重け吉事

新たな　年の初めの　新春の
今日降る雪のように　ますます積もり重なれ、喜ばしいことが。

【巻二十・4516】◉大伴家持

で、759年（天平宝字3年）の正月に、大伴家持が詠んだ歌です。

繰り返しになりますが、『万葉集』の歌人は、

第1期……額田王
第2期……柿本人麻呂、高市黒人
第3期……山部赤人、大伴旅人、山上憶良、高橋虫麻呂

第4期……大伴家持（おおとものやかもち）

の8人が有名なので覚えておきましょう。

第3章

どうしてもおさえたい！超有名な和歌6首

知らないと恥をかく!?『万葉集』で最も有名な6首をおさえよう

第3章では、ものすごく有名で、これを知らなければ『万葉集』を味わったとはいえないという、知らないと恥をかく和歌を6首ご紹介します。是非、存分に味わってください。

最初に紹介するのは、第1期の代表的歌人である額田王（ぬかたのおおきみ）の歌です。第2章でも紹介しましたが、ここで改めて詳しく説明します。

熟田津（にきたつ）に　船乗（ふねの）りせむと　月待（つきま）てば
潮（しお）もかなひぬ　今は漕（こ）ぎ出（い）でな

熟田津に　船出をしようとして　よい月を待っていると
潮の流れもよくなった。さあ、今こそ漕ぎ出そう。

【巻一・8】◉額田王（ぬかたのおおきみ）

660年、朝鮮半島の新羅（しらぎ）が中国王朝・唐（とう）の助けを得て、百済（くだら）を滅ぼそうとしました。

すると、百済は日本に助けを求め、当時の斉明天皇は、援軍を百済に送ることに決めました。

その際に、現在の愛媛県松山市付近とされる熟田津で、日本軍が出航する際に力強く詠まれたのが、この歌です。

結局、６６３年の白村江の戦いで、唐・新羅連合軍に日本は大敗し、百済も滅びました。「今は漕ぎ出でな（さあ、今こそ漕ぎ出そう）」というところに、出発する際の力強さと、勢いを感じる歌になっています。

次は、額田王の夫である天武天皇の歌です。

よき人の　よしとよく見て　よしと言ひし
吉野よく見よ　よき人よく見つ

立派な人が　よいところとしてよく見て　「よし」といった吉野をよく見なさい。　立派な人もよく見たのだから。

【巻一・27】◉天武天皇

昔のりっぱな人が、よき所としてよく見て「よし（の）」と名付けたのが吉野だといいます。立派な人である君たちもこの吉野をよく見るがいい。昔の一派な人もよく見たことだよ。という意味です。

天武天皇が、草壁皇子ら、自分の子どもたちを連れて、吉野に出かけたときのことです。「兄弟・肉親同士で争ってはいけない。壬申の乱のように骨肉の争いをしてはいけない。兄弟・肉親で協力するように」という誓いの歌として詠まれたのがこの歌です。

昔の立派な人が「よし」とよく見ていた、この「吉野」を見ておくのだ、我が息子たちよと、いうメッセージが込められています。

大友皇子（弘文天皇）との争いである壬申の乱に勝利したことで、皇位に就いた天武天皇ですが、大友皇子は実の甥にあたります。さらに、自分の娘である十市皇女が、大友皇子に嫁いでいました。

さぞ複雑な胸中だったことでしょう。

結局、せっかく天武天皇がこの歌を残したにもかかわらず、数年後に、この誓いは破られ、兄弟同士で争うことになるという結末が待っていたのです。

3首めに紹介するのは、天武天皇の皇后・持統天皇の歌です。

春過ぎて　夏来るらし　白栲の
衣乾したり　天の香具山

春が過ぎて　夏がやって来たようです。　真っ白な
衣が干してありますね。　天の香具山に。

【巻一・28】◉持統天皇

女性天皇である、持統天皇が詠んだ歌です。

持統天皇は、大化の改新を行った中大兄皇子（のちの天智天皇）の娘で、天武天皇の皇后でもあります。

『新古今和歌集』にも次の歌として出ていて、百人一首に選ばれたことでも有名な歌です。

意味は、『万葉集』に載っている歌と同じです。

春過ぎて　夏来にけらし　白妙の
衣干すてふ　天の香具山

百人一首◉持統天皇

続いて、第3期の代表的な歌人である、山部赤人の歌です。
次の歌は第2章の43ページでも紹介した、最も重要といってもいい歌です。

田児の浦ゆ　うち出でて見れば　真白にぞ
不尽の高嶺に　雪は降りける

田子の浦を通って（視界の開けたところまで）出て見ると　真っ白に
富士山の高いところに　雪が降り積もっていることだよ。

【巻三・318】◉山部赤人

田子の浦は、静岡の駿河湾の沿岸です。

田子の浦ゆの「ゆ」は、「〜を通って」という意味です。

真白に「そ」〜降り「ける」は、「そ（ぞ）〜ける」という係り結びの法則があり、「詠嘆」を表しています。

田子の浦を通っていくと、突然、視界が開けて、真っ白な雪が積もっている富士山が見えるという感動が伝わってきます。

『新古今和歌集』では、次のように変わり、百人一首にも収録されています。意味は同じです。

田子の浦に　うち出でてみれば　白妙の
富士の高嶺に　雪は降りつつ

百人一首◉山部赤人

次に紹介するのは、山部赤人と同時期に活躍した山上憶良の歌です。この歌は、78首も収録されている山上憶良の歌のなかでも、絶対におさえておくべきものです。

憶良らは　今は罷らむ　子泣くらむ
そのかの母も　吾を待つらむそ

憶良めは　もう、お暇しましょう。子どもが泣いているでしょうし
それにその母親も　私を待っていることでしょう。

【巻三・337】◉山上憶良

山上憶良が筑前守として、筑前国にいた頃に詠んだ歌です。
宴席は、親交が深かった大伴旅人の宴席だといわれています。

憶良らの「ら」は、接尾語で、調子を整えるための語です。複数形をあらわしているわけではありません。

「まからむ」は、退席するという意味で使われています。

悲壮な歌ではなく、ユーモアあふれる歌として、詠まれました。

子どもと母親（自分の妻）が家で待っているので、宴を退席して家に帰るということを、ほほえましい笑いに変えて歌ったものだとされています。

最後に紹介するのが、志貴皇子（しきのみこ）が詠んだ歌で、春の歌としても有名な和歌です。

石（いわ）ばしる　垂水（たるみ）の上（うえ）の　さ蕨（わらび）の

（岩の上をほとばしる）　滝のほとりでは　さわらびが

萌（も）え出（い）づる春（はる）に　なりにけるかも

芽を出す春に　なったことだなぁ。

【巻8・1418】◉志貴皇子（しきのみこ）

天智天皇（大化の改新を行った中大兄皇子）の第7皇子が志貴皇子です。兄の大友皇子と、叔父の大海人皇子（のちの天武天皇。天智天皇の弟）が、壬申の乱で争いました。

そんな政治に嫌気がさして、政治の世界から離れ、文芸の世界に身を置いて人生を終えたのが、志貴皇子です。

なかでもこの歌が最高傑作とされています。

垂水とは滝のことで、「いわばしる」は、垂水にかかる枕詞です。

この6つの歌が、『万葉集』では最も有名な歌ですので、おさえておいてくださいね。

第4章
絶対に知っておくべき有名な和歌33首

味わい深い『万葉集』の名作を堪能(たんのう)しよう

ここまでで、『万葉集』についての基本的なことは修得できたと思います。

第4章では、『万葉集』のなかでも、特に知っておくべき和歌をご紹介します。『万葉集』に収録されている歌は、どれも素晴らしいものばかりですが、すべてを紹介するわけにはいきません。

ここでは、『万葉集』のなかでも有名と思われる歌30首を、厳選して紹介していきます。『万葉集』というと、難しそうと思っている人もいるかもしれませんが、そんなことはありません。

古典ですから、たしかに難しい言葉遣いはありますが、現代語に訳して読めば、今も昔も、日本人の感受性に変わりはないことがわかるでしょう。

四季折々の抒情(じょじょう)、愛する人に対する愛情、過去に思いをはせた心情など、昔の人々が美しい言葉でつむいだ歌の数々を、ぜひ堪能してください。

籠もよ　み籠持ち　掘串もよ

籠も　よい籠を持ち　ふくしも

み掘串持ち　この丘に　菜摘ます児

よいふくしを持ち　この岡で　菜を摘んでいらっしゃる乙女よ。

家聞かな　名告らさね　そらみつ　大和の国は　おしなべて

ご身分を言いなさい。　名を名乗りなさい。　（そらみつ）　大和の国は　おしなびかせて

われこそ居れ　しきなべて　われこそ座せ

私が君臨しているのだ。　国の隅々まで　私が治めているのだ。

われこそは　告らめ　家をも名をも

私こそ名乗ろう。　私の家も名も。

【巻一・1】◉雄略天皇

●およそ4500首の和歌の最初の歌なので、おさえておく必要があります。

2

大和には　群山あれど
大和には　たくさんの山があるけれど
とりよろふ　天の香具山
そのなかでもとりわけ整った　天の香具山に
登り立ち　国見をすれば　国原は　煙立つ立つ
登り立って　国見をすると　国原には　かまどの煙があちこちから立ちのぼっている。
海原は　鷗立つ立つ
海原には　かもめが飛び立っている。
うまし国そ　蜻蛉島　大和の国は
なんと素晴らしい国であることよ。（枕詞）　大和の国は。

【巻一・2】◉舒明天皇

●『万葉集』のふたつ目の歌なので、重要度が高い歌です。

3

香具山は　畝火ををしと
耳梨と　相あらそひき
神代より　かくにあるらし
古昔も　然にあれこそ
うつせみも　嬬を　あらそふらしき

香具山は　畝傍山を雄々しいと思って
恋仲であった耳梨山と　争った。
神代から　こうであるらしい。
古い時代も　そうであったからこそ
今の世の人も　妻を　奪いあって争うらしい。

【巻一・13】◉中大兄皇子

●これも重要な歌なので、ここまでおさえておけば、試験でも安心です。中大兄皇子（天智天皇）の歌でもあります。

4

冬ごもり　春さり来れば　鳴かざりし　鳥も来鳴きぬ
咲かざりし　花も咲けれど　山を茂み　入りても取らず
草深み　取りても見ず　秋山の　木の葉を見ては　黄葉をば
取りてそしのふ　青きをば
置きてそ嘆く　そこし恨めし　秋山われは

（冬が過ぎて）　春が訪れると　今まで鳴いていなかった　鳥もやって来て鳴く。
咲いていなかった　花も咲いているけれど　山が茂っているので　わざわざ山へ入って取りもせず
草も深いので　手に取って見もしない。　秋山の　木の葉を見ては　黄色く色づいた葉を
手に取ってめでる。　まだ青い葉は
そのままにして色づかないのを嘆く。　そのことだけが残念なことよ。　なんといっても秋山に心が惹かれる、私は。

【巻一・16】◉額田王

●「春山の花の色」と「秋山の紅葉の色」はどちらが優っているかと言われたとき、額田王が詠んだ歌です。「冬ごもり」は「春」にかかる枕詞です。

5

三輪山を　しかも隠すか　雲だにも　心あらなむ　隠さふべしや

三輪山を　まあそんなふうに隠すものか。　せめて雲だけでも情けがあってほしい。　隠すなんてことがあってよいだろうか。

【巻一・18】◉額田王

●「雲だにも」の「だに」は、「せめて〜だけでも」という意味です。「せめて雲だけでも」と訳します。667年、飛鳥から近江の大津に遷都されたとき、近江に向かう途中で額田王が詠んだ歌です。

6

あかねさす　紫野行き　標野行き
野守は見ずや　君が袖振る

（あかね色の）　紫草の咲く野を行き　標を張った野を行って
野守が見ているのではないかしら。　あなたが袖をお振りになるのを。

【巻一・20】◉額田王

●この歌は大海人皇子が狩りをしたときに額田王が詠んだ歌です。「あかねさす」は「紫」にかかる枕詞です。紫草とは、フジのこと。この時代「袖を振る」ということは、恋人の魂を引き寄せようとする恋のしぐさとされていました。
額田王に対して袖を振って求愛しているのは大海人皇子です。

7

紫草の　にほへる妹を　憎くあらば　人妻ゆえに　われ恋ひめやも

紫草のように　美しくにおいたつあなたを　憎いと思うならば　人妻と知りながら　こんなにも恋しく思うものだろうか。

【巻一・21】◉大海人皇子

●前ページの【巻一・20】の歌に対する答歌です。「紫草の」は、「紫野」の「紫」を踏襲したものです。額田王と大海人皇子は夫婦でしたが、この歌を詠んだときは別れていたようで、そのため額田王のことを「人妻」と呼んでいます。

8

采女の袖　吹き返す　明日香風
都を遠み　いたづらに吹く

采女たちの袖を　吹きひるがえす　明日香の風は
いまや都が遠のいたので　ただむなしく吹いていることよ。

【巻一・51】◉志貴皇子

●采女とは、諸国の小領（小さい領土）以上の身分の人の、姉妹・子女の中から選ばれて、宮廷に仕えた女官のことです。当時の都・藤原京から以前の都・飛鳥を訪れたときに詠まれた歌で、かつての都をしのんだ歌です。

9

いざ子ども　早く日本へ　大伴の　御津の浜松　待ち恋ひぬらむ

さあみんな　早く大和へ帰ろう。　大伴の
御津の浜松も　「まつ」の名のごとく待ちわびているだろうから。

【巻一・63】◉山上憶良

●「いざ」は「さあ」という意味。「子ども」は、子どもではなく、部下のものを親しんで呼ぶときに使った言葉です。
「さあ、部下のみんな、早く日本へ帰ろう」と呼びかけたのです。
この歌は、遣唐使の一員として唐に渡った山上憶良が、日本に帰国する際の宴席で詠んだ歌とされています。早く日本に帰りたいという憶良の気持ちが表れています。

10

葦辺(あしへ)行(ゆ)く　鴨(かも)の羽(は)がひに　霜降(しもふ)りて
寒(さむ)き夕(ゆう)へは　大和(やまと)し思(おも)ほゆ

葦辺を泳ぎ行く　鴨の翼に　霜が降りて
寒さが身にしみる晩には、　郷里の大和が思われてならない。

【巻一・64】◉志貴皇子(しきのみこ)

●羽がひは、「羽交」で、羽が重なり合っている様を表しています。
志貴皇子(しきのみこ)（天智天皇(てんじ)の皇子）が文武天皇(もんむ)の難波行幸(なにわぎょうこう)に従事したときに詠んだ歌です。かつての都である難波に着いて、当時の都の藤原京にいる妻を恋しく思っている歌です。

11

飛ぶ鳥の　明日香の里を　置きて去なば　君があたりは　見えずかもあらむ

飛ぶ鳥の　明日香の古京を　あとにして行ってしまったなら　あなたのいる辺りは　見えなくなってしまうのではないか。

【巻一・78】◉元明天皇

●元明天皇は天智天皇の第四皇女で、息子である文武天皇が若くして崩御すると、次世代の中継ぎ役として天皇の座につき、その後、娘である元正天皇にバトンタッチしています。

この歌は、710年（和銅3年）に藤原京（現在の奈良県橿原市および明日香村近辺）から平城京（現在の奈良県奈良市および大和郡山市近辺）へ遷都するときに、飛鳥の里を振り返りながら詠んだ歌とされています。

12

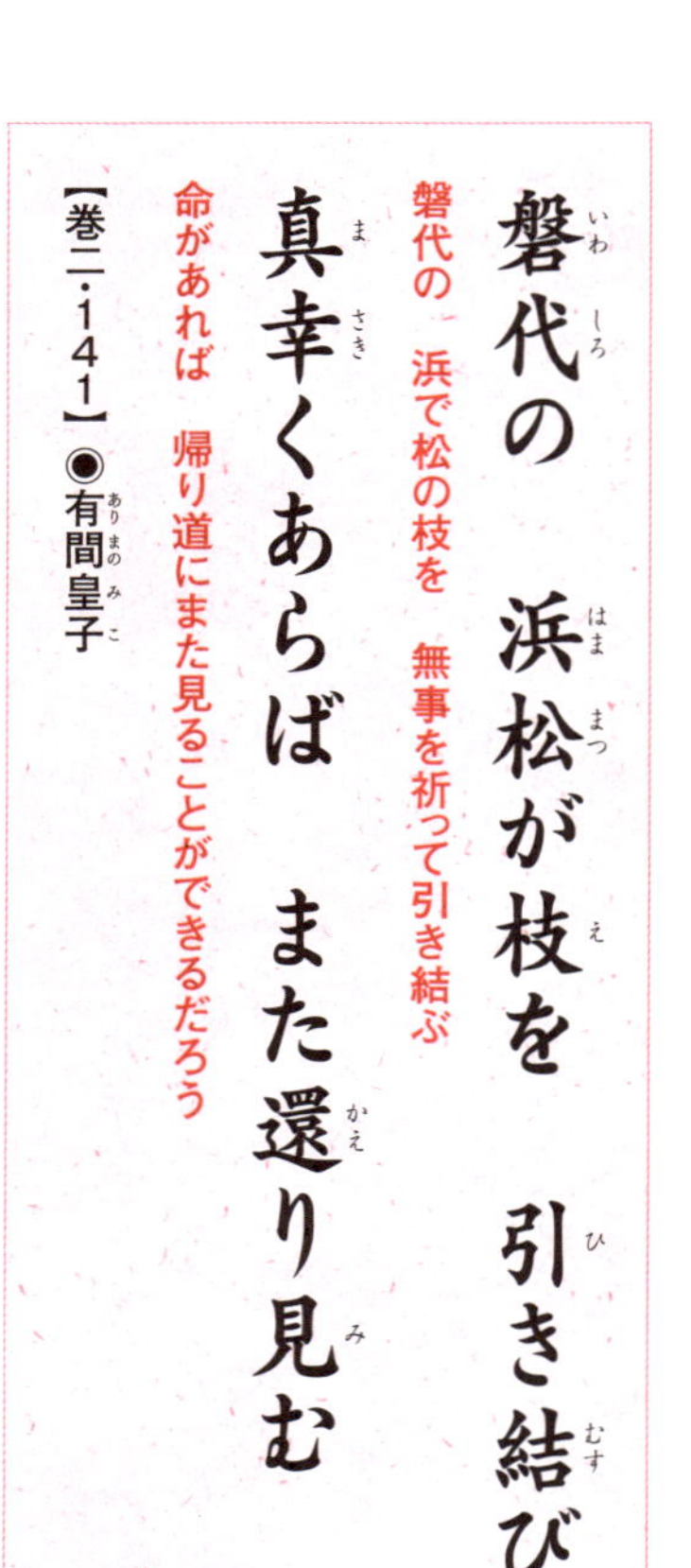

磐代の　浜松が枝を　引き結び
真幸くあらば　また還り見む

磐代の　浜で松の枝を　無事を祈って引き結ぶ
命があれば　帰り道にまた見ることができるだろう

【巻二・141】◉有間皇子

●有間皇子は、孝徳天皇の皇子です。有間皇子は、そそのかされて、謀反の計画を企てたことにされ、19歳で処刑されました。その護送中に詠んだとされる歌です。
「磐代」は、熊野街道の要衝だった現在の和歌山県日高郡みなべ（南部）町の地名。「浜松が枝を引き結び」は、草の葉や木の枝を結んで幸いを祈る古代の風俗です。

13

家にあれば　笥に盛る飯を　草枕
旅にしあれば　椎の葉に盛る

家にいたなら　お茶碗によそって食べるご飯だが　（草を枕にする）
今は旅の途上ゆえ　椎の葉に盛り食べている。

【巻二・142】◉有間皇子

●前ページの【巻二・141】とこの歌の2首は、有間皇子が護送されている途中で歌った歌として有名です。
お茶碗に盛って食べるご飯が、今は葉っぱに盛って食べているという死の直前の悲哀を表している歌です。「草枕」は「旅」にかかる枕詞です。

14

天の原　振り放け見れば　大君の
御寿は長く　天足らしたり

天空を　振り仰いで見ると　大君の
お命は永久に　大空いっぱいに満ち満ちていることよ。

【巻二・147】◉倭大后

●倭大后は飛鳥時代の皇族で、舒明天皇の第一皇子・古人大兄皇子の娘です。
この歌は、天智天皇が崩御する前後に、倭大后が詠んだ四首のうちのひとつです。

15

うつそみの　人にあるわれや　明日よりは
二上山を　弟世とわが見む

この世に生きる　人である私には　明日からは
二上山を　弟と思い眺めて暮らす日が続くのか。

【巻二・165】◉大伯皇女

●「うつそみ」は「うつしおみ」が詰まってできた語。「うつし＝現実の、生きている人」という意味です。「現実に生きている私には」という意味となります。

「二上山」は、奈良県葛城市と大阪府太子町にまたがる山で、現在は〈にじょうざん〉とよばれています。

この歌も大伯皇女が弟の大津皇子を思って詠んだ歌です。大津皇子は謀反の疑いをかけられて処刑され、二上山に葬られていました。

16

大君は　神にし座せば　天雲の
雷の上に　盧らせるかも

大君は　神でいらっしゃるから　天雲の
雷の上に　廬を構えておいでになる。

【巻三・235】◉柿本人麻呂

●柿本人麻呂が持統天皇を讃えて詠んだ歌です。『万葉集』巻三の最初の歌で、とても有名です。

17

この世にし　楽しくあらば　来む世には　虫に鳥にも　われはなりなむ

現世で楽しく過ごせる（酒が飲んで笑える）ならば、来世では虫にでも鳥にでも、私はなってしまってかまわない。

【巻三・348】◉大伴旅人

●飲酒を禁じている仏教に対して、否定的な態度を示し、「今が楽しければいいじゃないか」ということを歌ったものだとされています。

18

吉野なる　夏実の川の　川淀に　鴨そ鳴くなる　山陰にして

吉野の　夏実の川の　流れのゆるやかなところで
鴨が鳴いているのが聞こえる。　あの山の影に隠れて。

【巻三・375】◉湯原王

●湯原王は志貴皇子の子です。天智天皇の孫にあたります。
「夏実」は現在の奈良県吉野郡吉野町の菜摘地区で、近くには吉野離宮があったとされています。
持統天皇はたびたび吉野に行幸しており、湯原王がお供することもあったのかもしれません。湯原王は政治から距離を置きましたが、弟の白壁王はのちに光仁天皇として即位しました。

19

ももづたふ　磐余の池に　鳴く鴨を
今日のみ見てや　雲隠りなむ

（ももづたう）　磐余の池に　鳴く鴨を見るのも
今日を限りとして、　私は死んで行くのか。

【巻三・416】◉大津皇子

●大津皇子は天武天皇の皇子です。天武天皇の死後、謀反の疑いをかけられて処刑されました。この歌は、大津皇子の辞世の歌として知られている歌です。

20

愛しき　人の纏きてし　敷栲の
わが手枕を　纏く人あらめや

いとしい　我が妻が枕にして寝た　（枕詞）
わたしの腕枕を　再び枕にする人はもういない。

【巻三・438】◉大伴旅人

●大宰府の長官として赴任した直後に、妻である大伴郎女を亡くした大伴旅人が、亡き妻を思って詠んだ三首の歌のうちの一首です。
「敷栲の」は、「手枕」にかかる枕詞です。

21

君待つと　わが恋ひをれば　わが屋戸の　すだれ動かし　秋の風吹く

君を待って　恋しく思っていたら　私の家の　すだれを動かして　秋風が吹きます。

【巻四・４８８】◉額田王

●この歌は「額田王、近江天皇を思ひて作る歌一首」という題詞がつけられています。「近江天皇」とは、天智天皇のことです。恋い焦がれて天智天皇を待っていたら、秋風が吹いただけだったという、印象深い歌です。

22

わが背子が　着せる衣の　針目落ちず
入りにけらしも　わが心さへ

あなたの　着ていらっしゃる衣の　針目の一つひとつに
縫い込んで入ってしまったようです。縫い糸だけでなく、私の心まで。

【巻四・514】◉阿倍女郎

●阿部女郎は『万葉集』に5つの歌がおさめられている女性ですが、詳しい経歴はわかっていません。背子は、女性が「恋人」「夫」を呼んだときに使われた言葉です。

23

瓜食めば　子ども思ほゆ
栗食めば　まして偲はゆ　いづくより
来りしものそ　まなかひに
もとな懸りて　安眠し寝さぬ

瓜を食べても　子どもらを思ってしまうが
栗ならば食べると　さらに偲ばれる。どこから
来たのか　面影が眼前にむやみにちらついて
ちっとも　静かに眠れない。

【巻五・802】◉山上憶良

●山上憶良が「子どもを思ふ歌」として詠んだ長歌です。

「子ども」〈ども〉接尾語で、複数を表します。

「まなかひ」は、「眼前」の意で、「もとな」は、「わけもなく」の意です。

「安眠しなさぬ」の〈し〉は強意。〈なす〉は〈寝（ぬ）〉の他動詞。〈ぬ〉は打消の連体形です。「安眠させてくれない」という意味になります。

山上憶良が大宰府に赴任しているとき、都にいる子どものことを思って詠んだ歌です。子どもを思う親の心情はいつの時代も変わらないことがわかります。

24

春の野に　すみれ摘みにと　来しわれそ
野をなつかしみ　一夜寝にける

春の野に　すみれを摘もうと　思ってやってきた私は
野に心ひかれて　そこで一夜寝てしまったことだ。

【巻八・1424】◉山部赤人

●自然への愛を歌った、山部赤人の代表的な歌のひとつです。

25

夕されば　小倉の山に　鳴く鹿は
今夜は鳴かず　寝にけらしも

夕方になると　小倉の山で　鳴く鹿だが
今夜は鳴かない。　鳴かないで寝てしまったようだなぁ。

【巻八・1511】◉崗本天皇

● 崗本天皇は、「岡本宮の天皇」のことです。
岡本宮を皇居にした天皇は、舒明天皇と斉明天皇がいますが、この歌がどちらの天皇かはわかりません。舒明天皇とする説が多いようです。

26

秋萩の　散りのまがひに　呼び立てて　鳴くなる鹿の　声の遥けさ

秋萩が　華やかに散り乱れている辺りで　妻を呼び立てて　鳴く鹿の声の　なんと遥かなことよ。

【巻八・1550】◉湯原王

●萩は『万葉集』で最も多く詠まれた植物で、約140首がおさめられています。「秋萩」と詠まれることが多く、秋の風物として好まれていました。

27

夕月夜（ゆうづくよ）　心（こころ）もしのに　白露（しらつゆ）の
置（お）くこの庭（にわ）に　こほろぎ鳴（な）くも

月のある夕べ　胸がせつなくなるほどに、　白露に
濡れたこの庭に　こおろぎが鳴いていることよ。

【巻八・1552】◉湯原王（ゆはらのおおきみ）

●この時代の「こほろぎ」は、キリギリス、まつむし、すずむしなどの秋の鳴く虫の総称のことを言います。

28

命あらば　逢ふこともあらむ　我が故に　はだな思ひそ　命だに経ば

命さえあれば　また逢うこともありましょう。　私のために　ひどく心を痛めないでください。　命だけでも無事でさえあったら。

【巻十五・3745】◉狭野弟上娘子

●夫である中臣宅守は、狭野弟上娘子を娶ったときに、聖武天皇の命で越前国味真野（現在の福井県越前市味真野）に流罪になりました。離ればなれになった二人は、たくさんの情熱的な歌でやりとりし、『万葉集』に63首も収録されています。

29

春の苑　紅にほふ　桃の花
下照る道に　出で立つ少女

春の園が　紅色に輝いている。　桃の花が
下を照らす道に　たたずむ乙女よ。

【巻十九・4139】◉大伴家持

●大伴家持の歌ですが、梅の花ではなく、桃の花が歌われています。家持が越中国（現在の富山県）に赴任していたときに詠まれた歌です。

30

朝床に　聞けば遥けし　射水川
朝漕ぎしつつ　歌ふ船人

朝の寝床で　聞けば、遥かに遠い。　射水川で
朝、舟を漕ぎながら　歌う船頭の声は。

【巻十九・4150】◉大伴家持

●745年（天平17年）、27歳のときに、越中守に任命された大伴家持が、現在の富山県にあたる越中で詠んだ歌です。

31

わが屋戸(やど)の　いささ群竹(むらたけ)　吹(ふ)く風(かぜ)の
音(おと)のかそけき　この夕(ゆうべ)かも

わが家の　わずかばかりの竹林に　吹く風の
音がかすかに聞こえてくる　この夕べよ。

【巻十九・4291】◉大伴家持(おおとものやかもち)

●静けさを歌っている大伴家持(おおとものやかもち)の代表作のひとつです。

32

うらうらに　照れる春日に　雲雀あがり
心悲しも　ひとりし思へば

うららかに　照っている春の日に　ひばりが舞い上がり
心は悲しいことだ。　独りもの思っていると。

【巻十九・4292】◉大伴家持

●こちらも大伴家持の代表作のひとつです。

33

わが妻は　いたく恋ひらし　飲む水に
影さへ見えて　世に忘られず

わたしの妻は　ひどく私を恋しがっているらしい。私が飲む水に
影になってまで映って現れ　まったく忘れられない。

【巻二十・4322】◉防人

●防人の歌として有名な歌です。防人とは、北九州の警護に当たった兵士のことで、その
多くは農民から徴集されました。

付録

「梅花(うめのはな)の歌」32首

注目される『梅花の歌』を味わおう

付録では、序章に掲載した、元号「令和」の典拠として注目を集めた『梅花の歌三十二首并せて序』に続いて『万葉集』に掲載されている、「梅花の歌」全32首を紹介します。まえがきでも触れたように、当時、九州の大宰府の長官であった、大伴旅人の邸宅の梅園で、山上憶良ら、およそ30人が集まり、梅の花を囲む「**梅花の宴**」が催され、そのときに詠まれたものです。

ここでは、「梅花の歌」をみなさんに味わっていただくため、あえて現代語訳だけにして、解説は省いています。梅の花の下に集ったはるか遠い昔の人たちが、どんな気持ちで、どんな歌を詠んだかに思いを巡らせてほしいと考えたからです。

長いときを経て、令和の時代に改めて脚光を浴びた「梅花の歌」に触れ、１２００年以上も前の時代にタイムスリップしてはいかがでしょうか。

1

正月立ち　春の来らば　かくしこそ
梅を招きつつ　楽しきを経め

正月になり　新春がやって来たら　このように
梅の寿を招きながら　楽しき日を尽くそう。

【巻五・815】◉大弐紀卿

2

梅の花　今咲ける如　散り過ぎず
わが家の園に　ありこせぬかも

梅の花は　今咲いているように　散りすぎることなく
わが家の庭に　咲きつづけてほしい。

【巻五・816】◉少弐小野大夫

3

梅の花　咲きたる園の　青柳は
かづらにすべく　成りにけらずや

梅の花が　咲く庭に　青柳もまた
かづらにほどよく　なっているではないか。

【巻五・817】◉少弐粟田大夫（＝粟田人上）

4

春されば　まづ咲く宿の　梅の花
独り見つつや　春日暮らさむ

春になると　最初に咲くわが家の　梅の花
私一人で見つつ　一日を過ごすことなど　どうしてしようか。

【巻五・818】◉筑前守山上大夫（＝山上憶良）

5

世の中は　恋繁しゑ　やかくしあらば
梅の花にも　成らましものを

世の中は　恋に苦しむことが多いなぁ。　そうならいっそ
梅の花にも　なってしまいたいものを。

【巻五・819】◉豊後守大伴大夫

6

梅の花　今盛りなり　思ふどち
かざしにしてな　今盛りなり

梅の花は　今は盛りよ。　親しい人々は
皆髪に挿そうよ。　今は盛りよ。

【巻五・820】◉筑後守葛井大夫

7

青柳　梅との花を　折りかざし
飲みての後は　散りぬともよし

青柳を折り　梅花を　かざして
酒を飲む。さあこの後は　散ってしまっても、もうよい。

【巻五・821】◉笠沙弥

8

わが園に　梅の花散る　ひさかたの
天より雪の　流れ来るかも

わが庭に　梅の花が散る。（枕詞）
天涯の果てから雪が　流れ来るよ。

【巻五・822】◉主人（＝大伴旅人）

9

梅の花　散らくは何処　しかすがに
この城の山に　雪は降りつつ

梅の花は　どこに散ったのか。　それにしても
この城の山には　雪の降りつづくことよ。

【巻五・823】◉大監伴氏百代

10

梅の花　散らまく惜しみ　わが園の
竹の林に　鶯鳴くも

梅の花の　散ることを惜しんで　わが庭の
竹林には　鶯が鳴くことよ。

【巻五・824】◉少監阿氏奥島

11

梅の花　咲きたる園の　青柳を
かづらにしつつ　遊び暮さな

梅の花も　美しい庭に　青柳の
かづらまでして　一日を遊びすごそうよ。

【巻五・825】◉少監土氏百村

12

うち靡く　春の柳と　わが宿の
梅の花とを　如何にか分けむ

霞こめる　春に美しく芽ぶく柳と　わが庭に
咲き誇る梅の花と　そのよしあしをどのように区別しよう。

【巻五・826】◉大典史氏大原

13

春さればこぬれ隠れて鶯そ
鳴きて去ぬなる梅が下枝に

春になると　梅の梢では姿も隠れてしまって　鶯は
鳴き移るようだ。　下の枝のほうに。

【巻五・827】◉少典山氏若麿

14

人毎に　折りかざしつつ　遊べども
いや愛づらしき　梅の花かも

誰も誰も　折りかざしつつ　遊ぶのだが
なお愛すべき　梅の花よ。

【巻五・828】◉大判事丹氏麿

15

梅の花　咲きて散りなば　桜花
継ぎて咲くべく　なりにてあらず

梅の花が　咲いて散ってしまったなら　桜の花が
つづけて咲くように　なっているではないか。

【巻五・829】◉薬師張氏福子

16

万代に　年は来経とも　梅の花
絶ゆることなく　咲き渡るべし

万年の後まで　年はあらたまり来ようとも　梅の花は
絶えることなく　咲きつづけるがよい。

【巻五・830】◉筑前介佐氏子首

17

春なれば　宜も咲きわたる　梅の花
君を思ふと　夜眠も寝なくに

春になったとて　まことに咲きわたっている　梅の花。
あなたを思うと　夜も寝られないものを。

【巻五・831】◉壱岐守板氏安麿

18

梅の花　折りてかざせる　諸人は
今日の間は　楽しくあるべし

梅の花を　折りかざして遊ぶ　人々は
こぞって今日一日が　楽しいことだろう。

【巻五・832】◉神司荒氏稲布

19

毎年に　春の来らば　かくしこそ
梅をかざして　楽しく飲まめ

年ごとに　春がめぐり来れば　このようにこそ
梅をかざして　楽しく酒をくもう。

【巻五・833】◉大令史野氏宿奈麿

20

梅の花　今盛りなり　百鳥の
声の恋しき　春来たるらし

梅の花は　今を盛りに咲く。鳥々の
声も恋しく　春がやって来ているらしい。

【巻五・834】◉少令史田氏肥人

21

春さらば　逢はむと思ひし　梅の花
今日の遊びに　あひ見つるかも

春になったら　逢おうと思っていた　梅の花よ。
今日のうたげにこそ　出会うことよ。

【巻五・835】◉薬師高氏義通

22

梅の花　手折りかざして　遊べども
飽き足らぬ日は　今日にしありけり

梅の花の枝を　手で折り、かざしては　遊ぶのだが
なお飽きることのない日は　今日のことですよ。

【巻五・836】◉陰陽師礒氏法麿

23

春の野に　鳴くや鶯　懐けむと
わが家の園に　梅が花咲く

わが家の庭に　梅の花を咲かせている。
春の野に　鳴くよ、その鶯を　呼び寄せようと

【巻五・837】◉算師志氏大道

24

梅の花　散り乱ひたる　岡傍には
鶯鳴くも　春かた設けて

梅の花の　散り乱れる　岡のあたりには
鶯が鳴くことよ。　春の気配濃く。

【巻五・838】◉大隅目榎氏鉢麿

25

春の野に　霧立ち渡り　降る雪と
人の見るまで　梅の花散る

春の野を　一面に曇らせて　降る雪かと
人が見るほどに　梅の花が散っている。

【巻五・839】◉筑前目田氏真上

26

春柳　かづらに折りし　梅の花
誰か浮べし　酒杯の上に

春の柳を　かづらにとて折ったことだ。梅の花も
誰かが浮かべている。酒盃の上に。

【巻五・840】◉壱岐目村氏彼方

27

鶯の　声聞くなへに　梅の花
吾家の園に　咲きて散る見ゆ

鶯の　声を聞くにつれて　梅の花が
わが家の庭に　咲いては散っていくのか見られる。

【巻五・841】◉対馬目高氏老

28

わが宿の　梅の下枝に　遊びつつ
鶯鳴くも　散らまく惜しみ

わが家の　梅の下枝に　たわむれつつ
鶯が鳴くことよ。　花が散るだろうことを惜しんで。

【巻五・842】◉薩摩目高氏海人

29

梅の花　折りかざしつつ　諸人の
遊ぶを見れば　都しぞ思ふ

梅の花を　折りかざしつづけて　人々の
集まり遊ぶのを見ると　都のことが思い出される。

【巻五・843】◉土師氏御道

30

妹が家に　雪かも降ると　見るまでに
ここだも乱ふ　梅の花かも

恋しい人の家に　雪が降るのかと　思われるほどに
一面に散り乱れる　梅の花よ。

【巻五・844】◉小野氏国堅

鶯の　待ちかてにせし　梅が花
散らずありこそ　思ふ子がため

鶯が　開花を待ちかねていた　梅の花
ずっと散らないでほしい。愛する子のために。

【巻五・845】◉筑前掾門氏石足

32

霞立つ　長き春日を　かざせれど
いや懐かしき　梅の花かも

霞こめる　春の長い日　梅の花を髪飾りにしても
ますます心がひかれる　梅の花よ。

【巻五・846】◉小野氏淡理

あとがき

文化には、戦争抑止効果がある

文化には、戦争抑止の効果があると言われています。

子どもの頃から「ドラえもん」を見て育っていたら、「ドラえもん」を生んだ国を攻撃したいと思うでしょうか。

思わないはずです。


アメリカには、ディズニーという文化があります。

ミッキーマウスを攻撃したいという人は、いないのではないでしょうか。

日本人は、アメリカという国に対して好印象を抱いている人が多いですが、ディズニーアニメを見て育ったことで、アメリカに敵意がないとも考えられます。

どれだけひどい外交をされたとしても、関税がどれだけ高くなったとしても、ディズニーの文化が日本人には浸透しているのです。

今の10代、20代の日本人は、韓国に対する敵意は、それほどありません。というのも、K-POPを聞いて、韓流アイドルが大好きで育ってきたからです。40代以降の方は、韓国に対してあまりいいイメージを持っていませんが、若い人たちは、韓国にいいイメージを持っていますし、韓国ドラマが大好きな主婦層も、韓国に対するイメージはいいのです。

なので、あと30年もすれば、日本の韓国に対するイメージは良いものに変わっていってもおかしくありません。

一方、中国に対しては、中国のドラマを見て育っている人は少ないので、イメージが良くなる可能性は低いでしょう。

このように、文化を知ることによって、相手の国を攻撃したいという気持ちそのものをなくさせることが、長期的には可能になっていくのです。

アフリカで生まれても、オーストラリアに生まれても、生まれたときから「ドラえもん」で育っていれば、日本が大好きになり、日本を攻撃したいと思う人はいなくなります。

戦闘機を1機10億円で作るのであれば、そのお金を使って、「ドラえもん」を海外に発信したほうが、日本は他国からの侵略を防げるというわけです。

文化を作って発信することは、日本を守るということにもつながるのです。

「令和」の時代は、平和の時代への第一歩です。

『万葉集』を作ることで、他国の侵略から独立を守った大和政権のように、日本独自の文化を世界に発信することで、他国の侵略から日本を守ろうとするのであれば、これほど素晴らしいことは、他にありません。

今までは、戦闘機を輸入したり、武器を作ったりと、防衛費に資金を投資することで、日本を守ろうとしていたかもしれません。

これからは、アニメを作ったり、漫画を作ったりと、文化の充実を図ることで、日本を守っていこうというメッセージ。

まさに、これこそが、平和の国である日本の進むべき道なのだというのが、「令和」の元号に込められているのではないでしょうか。

我々日本人は、『万葉集』を学ぶことで、令和の時代を、平和の時代にしていく使命を持っているのです。

令和元年5月吉日

石井貴士

【参考文献】

『万葉集 ビギナーズ・クラシックス 日本の古典』角川書店編 （角川書店）
『万葉の秀歌』中西進著 （筑摩書房）
『しっかりと古典を読むための万葉集評釈 拡大復刻版』 次田真幸著 （清水書院）
『ＭＡＮＧＡゼミナール 万葉集』石井秀夫著 （学研）
『万葉集から古代を読みとく』上野誠著（筑摩書房）
『万葉集 全訳注原文付 （一）』中西進著 （講談社）
『万葉集 全訳注原文付 （二）』中西進著 （講談社）
『万葉集 全訳注原文付 （三）』中西進著 （講談社）
『万葉集 全訳注原文付 （四）』中西進著 （講談社）

石井貴士の著書

KADOKAWA
『本当に頭がよくなる1分間勉強法』
『本当に頭がよくなる1分間勉強法』文庫版
『(カラー版) 本当に頭がよくなる1分間勉強法』
『(図解) 本当に頭がよくなる1分間勉強法』
『本当に頭がよくなる1分間英語勉強法』
『1分間英単語1600』
『CD付1分間英単語1600』
『1分閲英熟語1400』
『1,分間TOEICテスト英単語』
『(CD付)1分間東大英単轟1200』
『(CD付) 1分間早稲田英単語1200』
『(CD付) 1分問慶應英単語1200』
『(CD付) 1分間英会話360』
『成功する人がもっている7つの力』
『あなたの熊力をもっと引き出す1分問集中法』
『文オがある人に生まれ変わる1分間文章術』
講談社
『キンドル・アンリミテッドの衝撃』
秀和システム
『アナカッっ!~女子アナ就職カツドウ』
『1分間情報収集法』
『いつでもどこでも「すぐやる人」になれる1分間やる気回復術』
『会社をやめると、道はひらく』
『定時に帰って最高の結果を出す1分間仕事術』
『あなたも「人気講師」になれる1分間セミナー講師デビュー法』
『女子アナに内定する技術』
『彼氏ができる人の話し方の秘密』
水王舎
『1分間英文法600』
『1分間高校受験英単語1200』
『1分間日本史1200』
『1分問世界史1200』
『1分問古文単語240』
『1分問古典文法180)
『1分間数学I・A180)
『新課程対応版1分間数学I・A180』
フォレスト出版
『1分問速読法』
『人は誰でも候補者になれる!
~政党から公認をもらって国会議員に立候補する方法』
『あなたの時間はもっと増える! 1分間時間術』
SBクリエイティブ
『本当に頭がよくなる1分間記憶法』
『本当に頭がよくなる1分間ノート術』
『一瞬で人生が変わる! 1分間決断法』
『本当に頭がよくなる1分間読書法』
『どんな相手でも会話に困らない1分間雑談法』
『本当に頭がよくなる1分間アイデア法』
『図解　本当に頭がよくなる1分間記憶法』
学研プラス
『1分間で一生が変わる賢人の言葉』
『幸せなプチリタイヤという生き方』
宝烏社
『入社1年目の1分間復活法』
バブラボ
『お金持ちになる方法を学ぶ1分間金言集60』
『石井貴士の1分間易入門』
『はじめての易タロット』
サンマーク出版
『勉強のススメ』
徳問書店
『30日で億万長者になる方法』
実業之日本社
『オキテ破りの就職活動』
『就職内定勉強法』
『除霊王』(共著)
ゴマブックス
『何もしないで月50万円!　幸せにプチリタイヤする方法』
『マンガ版何もしないで月50万円! 幸せにプチリタイヤする方法』
『何もしないで月50万円! なぜあおの人はプチリタイヤできているのか』
『図解何もしないで月50万円! 幸せにプチリタイヤする方法』
『何もしないで月50万円! 幸せにプチリタイヤするための手帳術』
ヒカルランド
『あなたが幸せになれば、世界が幸せになる』
ヨシモトブックス
『本当に頭がよくなる1分間勉強法 高校受験編』
『本当に頭がよくなる1分間勉強法 大学受験編』
『勝てる場所を見つけ勝ち続ける1分間ブランディング』
リンダパブリッシャーズ
『マンガでわかる1分間勉強法』
きずな出版
『イヤなことを1分間で忘れる技術』
『「人前が苦手」が1分間でなくなる技術』
『やってはいけない勉強法』
すばる舎
『入社1年目から差がついていた!仕事ができる人の「集中」する習慣とコツ』
青春出版社
『最小の努力で最大の結果が出る1分問小論文』

読者限定 無料特典

【7日間 無料メールセミナー】

1分間勉強法 7つの秘密(シークレット)

本書をお求めいただいた意識の高いあなたのために、
特別に「無料7日間メールセミナー」を作成しました。
「1分間勉強法」の極意を7日間連続でお届けします!

7日間無料メールセミナーの内容

第1の秘密:「なぜ、あなたも1冊1分になれるのか?」
第2の秘密:「なぜ、1冊1分は速読ではないのか?」
第3の秘密:「なぜ、Reading ではなく Leading なのか?」
第4の秘密:「なぜ、1分間勉強法は誰にでもできるのか?」
第5の秘密:「1分間勉強法の弱点とは何か?」
第6の秘密:「1分間勉強法の最大のメリットとは?」
第7の秘密:「1分間勉強法のマスタースケジュールとは?」

↓ 今すぐ、下記のホームページから、
「無料7日間メールセミナー」にお申込みください。

http://www.1study.jp

無料ですので、今すぐメールアドレスを登録してみてくださいね!

●著者紹介

石井貴士 *Takashi Ishii*

1973年愛知県名古屋市生まれ。私立海城高校卒。独自の勉強法で代々木ゼミナール模試全国1位、Z会慶応大学模試全国1位を獲得し、慶應義塾大学経済学部に合格。1997年、信越放送アナウンス部入社。2003年、㈱ココロ・シンデレラを起業。『本当に頭がよくなる　1分間勉強法』（中経出版）は57万部を突破し、年間ベストセラー1位（2009年 ビジネス書日販調べ）を獲得した。『やってはいけない勉強法』（きずな出版）など80冊以上の著書があり、その累計は200万部を突破した。占い、スピリチュアルの分野にも造詣が深く、霊能者・土御門令月同氏との共著『除霊王』（実業之日本社）も話題となっている。

石井貴士公式サイト／ https://www.kokorocinderella.com/

日本人（にほんじん）ならおさえておきたい
1分間万葉集（いっぷんかんまんようしゅう）

2019（令和元）年6月10日　初版第一刷発行

著　者 ………… 石井貴士
発行者 ………… 岩野裕一
発行所 ………… 株式会社 実業之日本社
〒107-0062　東京都港区南青山5-4-30
CoSTUME NATIONAL Aoyama Complex 2F
電話 03-6809-0452（編集）　03-6809-0495（販売）
URL http://www.j-n.co.jp/

印刷・製本 …… 大日本印刷株式会社
ISBN978-4-408-33872-9（一般実用）